HÉSIODE ÉDITIONS

BARBEY D'AUREVILLY

Léa

Hésiode éditions

© Hésiode éditions.

1 rue Honoré - 93500 Pantin.
ISBN 978-2-493135-44-5
Dépôt légal : Septembre 2022

Impression Books on Demand GmbH

In de Tarpen 42
22848 Norderstedt, Allemagne

Léa

N cabriolet roulait sur la route de Neuilly. Deux jeunes hommes, en habit de voyage, en occupaient le fond, et semblaient s'abandonner au nonchaloir, d'une de ces conversations molles et mille fois brisées, imprégnées du charme de l'habitude et de l'intimité.

« Tu regrettes l'Italie, j'en suis sûr, – dit à celui qui eût paru le moins beau à la foule, mais dont la face était largement empreinte de génie et de passion, le plus frais et le plus jeune de ces deux jeunes gens.

– J'aime l'Italie, il est vrai, – répondit l'autre. – C'est là que j'ai vécu de cette vie d'artiste imaginée avec tant de bonheur avant de la connaître. Mais auprès de toi, mon ami, il n'y a pas de place pour un regret ».

Et en dessus de la barre d'acajou, les mains des deux amis se pressèrent.

« J'ai craint longtemps, – reprit le premier interlocuteur, – que la générosité de ton sacrifice ne te devînt amère. Quitter Florence, tes études, tes plaisirs, pour revenir avec moi à Neuilly, te faire le témoin des souffrances de ma pauvre sœur, et partager mes inquiétudes et celles de ma mère, n'est-ce pas là le plus triste échange ?

– En supposant qu'il y ait du mérite à éprouver un sentiment tout à fait involontaire, mon cher Amédée, tu t'exagérerais encore ce que mon amitié fait pour toi. Quand ta sœur ira mieux, ne pourrons-nous pas reprendre le chemin de cette Italie que nous venons de quitter ? Oh ! espérons que les craintes exprimées dans la lettre de ta mère n'ont aucun fondement.

– Je le saurai bientôt, – dit Amédée, et il frappa du fouet qu'il tenait à la main le cheval qui redoubla de vitesse ; – mais je n'augure rien que de sinistre du style de ma mère : croirais-tu qu'elle me parle d'un commencement d'anévrisme ».

Réginald de Beaugency et Amédée de Saint-Séverin, deux amis d'enfance, dont la position de fortune était assez indépendante pour que leurs vies pussent se trouver toujours mêlées l'une à l'autre, ne s'étaient jamais quittés. Jusqu'à vingt-cinq ans, tout leur avait été commun. Ils avaient ensemble débuté dans le monde, et là ils s'étaient confié leurs premières observations. Cependant leur intimité partait beaucoup plus du cœur que de la tête ; c'était par ce point qu'ils s'étaient touchés. Trop d'intervalle les séparait d'ailleurs.

Réginald était une de ces hautes et fécondes natures tout écumantes de spontanéité et d'avenir. Dès les premiers instants de son existence intellectuelle, Réginald avait compris l'art, et dans l'enivrement de ce pur et premier amour, il s'était juré à lui-même qu'il ne serait jamais qu'un artiste. Mais on ne commence pas par être artiste : l'homme finit par là. Quand nous sommes jeunes, à l'éclat brillant de nos rêves nous ne faisons que nous pressentir, nous deviner pour un temps lointain encore. Ce n'est que quand la passion a labouré notre cœur avec son soc de fer rougi, que nous pouvons réaliser les préoccupations qui nous avaient obsédés jusque-là. Or, il y a mille chances de mort dans la passion. Aussi peut-être serait-il vrai de dire que les hommes les plus prédestinés par leur nature à être artistes meurent avant de le devenir. Keats se brisant un vaisseau sanguin dans la poitrine était plus nativement grand poète que ce splendide lord Byron lui-même, qu'un mouvement de rage ne put pas tuer.

Cette passion qui vient toujours troubler nos contemplations avec violence s'était déjà emparée de Réginald. Elle devait le tuer plus tard, le tuer comme artiste. Cherchez son nom parmi les noms dont la société s'enquête parce que ces noms ont marqué, et vous ne l'y trouverez pas. Non. Pas même tracé en caractères indistincts au bas de quelque ébauche hâtée. Nulle part ce nom n'a été écrit, si ce n'est sur ces pages qui vous racontent son histoire et que vous oublierez bientôt. Mais alors il ignorait, l'heureux enfant d'une imagination confiante ! il ignorait qu'il deviendrait athée à sa vocation et à son avenir. Déjà la passion l'avait mille fois jeté du haut en bas de l'idéal dans la réalité, lui obscurcissant ses aperceptions les plus lumineuses, l'interrompant tout à coup dans le jet de ses créations. Douleur amère et fatale ! Tout le temps qu'il était entraîné vers les jouissances matérielles, on eût dit qu'il entrevoyait, au fond de ces frénétiques plaisirs, comme par une révélation sublime, quelque chose de grand et de divin, tant il les étreignait contre lui d'une main acharnée ; mais cette illusion finissait par du déboire, et l'intelligence revenait avec ses implacables mépris. Voilà pourquoi son front devenait chauve avant le temps, et son regard débordait d'une telle tristesse qu'il en versait jusque dans les yeux indifférents ou joyeux de qui le fixait.

Amédée n'était pas un homme fait sur le fier patron de Réginald. Il cultivait aussi les arts, mais ils n'étaient pour lui qu'une fantaisie, un caprice, ce que sont les femmes pour tant d'hommes qui osent parler d'amour à leurs pieds. On ne voyait point, sur son front serein et ouvert, à travers la fatigue des organes, les vestiges de cette lutte cruelle entre la passion et la pensée, la gloire ou la mort de l'artiste, qui l'anéantit encore à l'état d'homme ou le transfigure tout vivant.

Amédée et Réginald venaient de passer trois ans en Italie. Un soir de juin parfumé et chaud, ils avaient causé longuement, sur la route de Neuilly à Paris, avec une femme d'un âge mûr, à l'air imposant quoique bon, qui tenait par la main une enfant de treize ans à peine, jolie petite fille à tête nue et aux longs cheveux blonds et suaves jusqu'à paraître nuancés d'un duvet comme celui des fleurs, et, qui, mollement, bouclaient sur une pèlerine de velours noir.

L'enfant reçut deux baisers sur le front, et les deux amis montant, avec cette frémissante rapidité du départ quand on a le cœur plein, dans l'aérien tilbury qui les attendait, volèrent vers Paris, laissant derrière eux un nuage de poussière qui s'évanouit, déchiré par le vent avec plus d'un adieu !

Cette femme était Mme de Saint-Séverin, et cette enfant sa fille, la sœur d'Amédée, malade à présent, et dont la maladie rappelait Amédée en France...

... Alors ils atteignaient cet endroit de la route d'où l'on apercevait la maison blanche, et ceinte de la vigne aux bras d'amoureuse, que Mme de Saint-Séverin habitait du côté gauche extérieur de Neuilly. Cet endroit où, trois ans auparavant, eux, attendris, mais heureux, mais confiants, mais fous de mille espoirs sans noms et de jeunesse, ils avaient laissé pour un temps indéfini la femme qui ne devait plus veiller que de loin sur ceux qu'elle avait soignés avec amour depuis leur enfance, car Réginald, ayant perdu ses parents peu de temps après sa naissance, avait partagé avec Amédée la tendresse de Mme de Saint-Séverin, et rien ne l'avait averti qu'une mère lui eût jamais manqué.

A cet endroit rien n'avait changé. Par une coïncidence du hasard, l'heure était la même que celle où ils étaient partis ; et, comme il y a des journées que nous portons éternellement dans nos poitrines avec leurs plus petits accidents : un son de piano, un timbre de pendule, un nuage à l'horizon là-bas et le soir, ils se rappelèrent qu'il y avait trois ans le soleil se couchait ainsi, et que les teintes étaient les mêmes sur la courbe effacée des lointains. Seulement, au lieu d'une enfant et d'une femme sur la route, une femme isolée attendait.

« C'est vous, ma mère ! – s'écria Amédée, et en une seconde Mme de Saint-Séverin fut couverte des caresses de son fils et de Réginald. – Comment va Léa, ma mère ? Où est-elle ? – Léa est toujours extrêmement souffrante, mon ami, répondit Mme de Saint-Séverin. Et l'expression perdue d'une joie instantanée permit de juger combien ses traits étaient flétris par un chagrin adurent ; elle était affreusement vieillie. La douleur est plus impitoyable que le temps : elle a des secrets pour vous briser mieux ; elle vous courbe encore que le temps vous donnerait le coup de grâce. Les rides qu'elle vous creuse au front sont profondes comme des cicatrices, et pourtant, ô mon Dieu ! ce n'est pas là que sont les blessures.

« Je n'ai pas voulu, – ajouta Mme de Saint-Séverin, – que Léa vînt au-devant de vous, je craignais pour elle la fatigue et encore plus l'émotion ; je l'ai prévenue que tu arrivais ce soir, cher Amédée, et cela vaut mieux. Dans son état, disent les médecins, l'émotion lui serait si funeste qu'il me faut craindre de donner du bonheur à ma fille sous peine de la tuer ». Et en prononçant ces derniers mots, cette voix pleine de douceur contractait une dureté amère, ce regard touchant alla donner contre le ciel comme une tête de désespéré contre un mur. Le reproche était presque impie. Âme religieuse, toute d'amour et de dévouement, avait-elle immensément souffert, cette pauvre femme, pour sentir ainsi, comme un homme, le soudain regret qui nous prend tant de fois dans la vie de ne pouvoir poignarder Dieu.

Amédée baissa la tête ; la physionomie de sa mère venait de lui en apprendre plus que tous les pressentiments qu'il tremblait de voir justifier.

Cependant, et peut-être pour ménager son fils (il paraît que les mères ont de ces courages), Mme de Saint-Séverin reprit son calme habituel. Bientôt ces trois personnes s'avancèrent vers la maison blanche, dans la direction du jardin qui s'étendait en face, tandis que le cabriolet, sous la conduite du jockey de Réginald, y accédait du côté opposé au jardin.

Léa était venue jusqu'à la barrière extérieure. Si Mme de Saint-Sévenin n'avait pas dit à Amédée : « Voilà ta sœur », il ne l'aurait pas reconnue tant elle était changée et grandie. Léa se jeta au cou de son frère avec l'abandon d'un sentiment qui paraissait ne pas s'épandre souvent, avec ce laisser-aller d'adolescente dont toute l'âme devrait être une caresse. Mais Mme de Saint-Sévenin, redoutant que cette joie ne fût trop vive, y coupa court en présentant à sa fille celui qu'elle appelait son second fils. Léa sourit à cette mâle figure qu'elle avait toujours aperçue réfléchie dans ses souvenirs à côté de celle de son frère, et Réginald, dont le cœur s'était ouvert à ces détails de famille, que la position de Léa rendait encore plus attendrissants, fut sur le point de la prendre dans ses bras et de l'y serrer comme on y serre une sœur ; mais son regard saisit tout à coup sur le visage de Mme de Saint-Sévigné tout ce qu'il y a de plus chaste, de plus éthéré, de plus sensitif dans la délicatesse d'une femme, confondu avec ce qu'il y a de plus intime dans une souffrance de mère, et il retint son mouvement. Il venait de comprendre pour la première fois que l'amitié est aussi une trompeuse, et que, même chez cette femme qui l'appelait son fils, il n'était, hélas ! qu'un étranger.

J'ai dit que Léa était changée et grandie ; ce n'était plus la petite fille à la pèlerine de velours noir dont le teint se rosait impétueusement au moindre trouble jusque dans la racine des cheveux et des cils, sans que cette vaporeuse nuance, semblable à celle que, les soirs d'automne, on voit parfois au rebord d'une blanche nuée, se fonçât jamais plus à un endroit qu'à un autre de son visage. Nuance fugitive, mais inaltérée, qui ne se perdait jamais en dégradations insensibles à l'endroit où la robe joint le cou avec mystère, et faisait présumer que tout le corps se colorait timidement ainsi, et promettait aux ardeurs d'un amant des voluptés divines. Ces ravissantes rougeurs s'étaient exhalées et, suivant la loi incompréhensible de tout ce qui est beau sur la terre, exhalées pour ne plus revenir ! La maladie de Léa, en se développant, semblait avoir absorbé tout le sang de ses veines dans la région du cœur, et lui avait laissé une pâleur ingrate à travers laquelle l'émotion ne pouvait se faire jour. Ce n'était pas une pâleur ordinaire, mais une pâleur profonde comme celle d'un marbre : profonde, car le ciseau a beau s'enfoncer dans ce marbre qu'il déchire, il trouve toujours cette mate blancheur ! Ainsi, à la voir, cette inanimée jeune fille, vous auriez dit que sa pâleur n'était pas seulement à la surface, mais empreinte dans l'intérieur des chairs.

Les deux amis furent d'autant plus frappés du changement qui s'était opéré en Léa en leur absence, qu'ils se souvenaient davantage de ce qu'elle était quand ils l'avaient quittée. Elle n'avait pas même conservé ses cheveux débouclés sur le cou et lissés sur ses tempes virginales, délicieuse coiffure qui jette je ne sais quel reflet de mélancolie autour d'une rieuse tête d'enfant. Elle les portait alors relevés sous un peigne comme toutes les femmes.

Réginald surtout, Réginald, qui sentait et observait en artiste, contemplait avec un intérêt immense de pitié cette fille de seize ans qu'un mal indomptable avait flétrie, qu'une douleur physique emportait au néant avec sa beauté ravagée avant qu'elle sût que ce qui bouillonnait dans son cœur pût être autre chose que du sang. Il était humilié comme artiste. Jamais la beauté d'une femme, quelque resplendissante qu'elle fût, n'avait parlé un plus inspirant langage à son imagination que cette forme altérée et qui bientôt serait détruite. Involontairement, il se demandait s'il y a donc plus de poésie dans l'horrible travail de la mort que dans le déploiement riche et varié de l'existence ? La maladie de Léa était de celles dont les progrès sont à peine perceptibles. Tout ce que l'homme en sait, de cette terrible maladie, c'est qu'elle est mortelle ; mais il ne lui est guère possible de l'étudier dans ses développements et de prédire le moment où, comme irritée de la résistance de l'organisation, elle achèvera de la briser. Mme de Saint-Séverin n'entretenait plus, depuis longtemps, ces illusions qui, comme des femmes perfides, nous mettent leurs douces mains de soie sur les yeux pour nous cacher la réalité. Elle savait que l'état de sa fille était sans ressource, qu'un peu plus tôt ou un peu plus tard Léa n'achèverait pas sa jeunesse, et que ce moment d'angoisse et de larmes ne se ferait plus beaucoup attendre. Telle était la pensée qui lui mangeait vives les fibres du cœur, et qu'elle cachait sous d'angéliques sourires et sous une confiance si sereine que Léa, parfois dupe de ce calme sublime, sentait moins cruellement sa souffrance et croyait à un mieux prochain.

Réginald, en vivant chez Mme de Saint-Séverin, comprit avec quelle anxiété d'amour était surveillée cette vie tremblante, et qui pouvait se rompre comme un fil délié au moindre souffle. Il fut le témoin de ces mille précautions employées pour préserver de chocs trop violents, de touchers trop rudes, ce cristal fêlé, ce cœur qui, en se dilatant, aurait fait éclater sa frêle enveloppe. Hélas ! ce cœur, au moral tout comme au physique, ne battait que sous une plaque de plomb. Léa ne lisait aucun livre. A cette heure où l'imagination d'une jeune fille commence à passionner son regard d'insolites rêveries et à faire étinceler autre chose que deux gouttes de lumière dans les étoiles bleues de ses yeux, Léa ne connaissait pas un poète. Élevée solitairement à la campagne, elle n'avait senti au sortir de l'enfance que la douleur qui commença sa maladie et qui la fixa auprès de sa mère au moment où elle allait s'en séparer pour entrer dans un des meilleurs pensionnats de Paris. Cette retraite et cette inculture avaient nui autant au côté sensible de Léa qu'à son côté intellectuel. De peur que la sensibilité de sa fille ne fût trop ébranlée par ces premiers épanchements dans lesquels on se soulage de ces larmes oppressantes qui viennent on ne sait pas d'où..., et que toute femme qui fut jeune eut besoin de verser la tête sur l'épaule d'une autre femme pleurant aussi et bien-aimée, ou toute seule, le front dans ses mains, Mme de Saint-Séverin se priva du plus grand bonheur pour une mère, de la seule félicité humaine que la vertu n'ait pas condamnée. Dans ses relations avec sa fille, elle empêcha toujours l'effusion de naître. Miraculeux héroïsme, sacrifice de l'amour par l'amour ! Où cette femme, cet être fragile, puisait-elle tant de force pour plier à sa volonté les sentiments les plus vivaces de sa nature, si ce n'est dans l'idée qu'en s'y laissant entraîner elle pouvait provoquer une de ces palpitations torturantes dans lesquelles sa Léa pouvait perdre connaissance et mourir.

Ainsi Léa n'avait été modifiée ni par ces idées qui élèvent et fécondent les nôtres, ni par ces sentiments auxquels nos sentiments s'entremêlent. Tout ce qu'il y avait de poésie au fond de cette âme devait donc périr à l'état de germe, engloutie, abîmée, perdue dans les profondeurs d'une conscience sans écho. Que si quelquefois une tristesse, un retentissement intérieur, une ondulation rapide passaient sur cette âme isolée dans la création et venaient expirer dans un sourire sur ses lèvres pâles, c'était un point intangible dans la durée, ce n'était ni un désir ni un regret : pour un regret ne faut-il pas connaître, et pour un désir, au moins soupçonner ? C'était quelque chose de mystérieux, de vague et pourtant d'immense, semblable au sentiment de l'infini, comme nous croyons l'avoir éprouvé à une époque de notre vie avant de savoir que ce sentiment se nommât ainsi. Manquent les mots pour parler de cet état de l'âme. On l'imagine sans pouvoir le peindre :

l'imagination est la seule faculté qui ne trouve pas sur son chemin la borne de l'incompréhensible. N'y a-t-il pas pour elle un Dieu ? Une couleur de plus dans le prisme ? Des amours purs et éternels ?

Cet état de l'âme fut pour Réginald un mystère... un problème... un rêve. Il aurait si bien voulu le pénétrer. Efforts inouïs et perdus ! Ce désir l'arrachait de son travail dès le matin. Quand, par la persienne entr'ouverte, il apercevait Léa cueillant des fleurs au jardin et les disposant dans les vases de porcelaine de la terrasse, il quittait son chevalet et sa toile et courait auprès de la jeune fille lui parler de sa souffrance, puis du soleil qui luisait dans sa chevelure blonde, du bleu du ciel, de la fraîcheur de l'air. Puis il revenait encore à sa souffrance pour lui demander si toute nature bonne et souriante ne lui causait pas quelque bien, et il cherchait dans ses réponses un mot, un pauvre accent qui lui révélât une des faces encore obscures de cette vie étrange et étouffée. Mais rien dans sa voix, faussée par la douleur et rendue plus touchante, rien dans ses regards languissants de fatigue et d'insomnie, rien sur cet ovale qui avait déjà perdu de sa perfection et de sa grâce, que l'indolent sourire de la bienveillance. Oh ! c'était un jeu cruel que ces déceptions inattendues et renaissantes, c'était un découragement à navrer ! Tous les jours s'écoulaient aussi mornes, aussi ternes pour la jeune fille. Un cercle plus large et plus noir autour de ses yeux, une taille plus abandonnée, une démarche plus traînante : voilà quelles étaient pour Léa les seules différences qu'à la veille apportait le lendemain.

Mais Réginald ne se rebuta pas. Lui qui regrettait disait-il, ces moments perdus auprès des femmes, moment trop nombreux dans sa vie, et qui, de leur bonheur rapide, n'avaient point racheté la moindre des peines dont ce bonheur dérisoire est empoisonné toujours, consumait misérablement son temps auprès d'une enfant malade, ignorante, silencieuse, timide, l'opposé de ces Italiennes qu'il avait aimées, si pleines de pensées et de vie, dont l'amour de la lave est, dit-on, un Styx qui rend invulnérable à toutes les voluptés molles et tièdes trouvées dans d'autres bras que les leurs. La passion, qui commence par faire de nous des enfants et des imbéciles, persuadait à Réginald qu'il n'avait que de la pitié pour Léa. De la pitié ! C'est une plainte stérile qu'on aumône, un serrement de main quand le mal n'est pas contagieux, au plus l'eau d'une larme, et puis on rit ! et puis on oublie ! Voilà toute la pitié. Dans nos cœurs égoïstes et froids, elle n'a pas d'autres caractères, et les hommes, qui ravalent le ciel au profit de leur orgueil, prétendent que la pitié est céleste !

Réginald s'abusait en prenant le sentiment que lui inspirait Léa pour une si chétive sympathie, mais il ne s'abusa pas bien longtemps. Son passé était là avec ses poignants souvenirs. Il reconnut cet amour qui avait séché sur pied, étiolées et noircies, les plus belles fleurs de sa jeunesse, ce simoun qui ravage nos vies plus d'une fois et qui en tourmente longtemps encore le sable aride, quand il n'y a plus que du sable à en soulever.

Qui ne sait pas que tous nos amours sont de la démence ? que tous nous laissent à la bouche la cuisante absinthe de la duperie ? et l'expérience ne l'avait-elle pas appris à Réginald ? Eh bien, de tous ces amours passés et de tous ces amours possibles, le plus insensé était encore ce dernier. Qu'espérait-il en le nourrissant ? Dans six mois cette jeune fille serait portée au cimetière. D'ailleurs y avait-il en elle des facultés aimantes ? Saurait-elle jamais ce que c'est que l'amour ? Ce que ce mot-là signifie, alors que tant de femmes restent hébétées devant ce sentiment qu'elles font naître ? Angles de marbre et d'acier que toutes ces questions, contre lesquelles Réginald se battait le front avec fureur. Mais son amour s'en augmentait encore. Toujours l'amour grandit et s'enflamme en raison de son absurdité,

Quel contresens dans ses idées d'artiste ! « Ah ! si du moins elle était belle – se répétait-il quand il ne la voyait pas, – je m'expliquerais mieux cet amour ; mais qu'y a-t-il de beau dans des yeux inexpressifs, des traits amaigris, des formes qui s'épanouissent ». Et, se reprenant tout à coup : « Mais si ! si ! ma Léa, tu es belle, tu es la plus belle des créatures ! Je ne te donnerais pas, toi, tes yeux battus, ta pâleur, ton corps malade, je ne te donnerais pas pour la beauté des anges dans le ciel ».

Et ces yeux battus, cette pâleur, ce corps malade, il les étreignait dans tous ses rêves des enlacements de sa pensée frénétique et sensuelle ; il mettait une âme dans ce corps défaillant, de la vie à flots dans ces yeux fixés sur les siens ! Il la créait passionnée, fougueuse, ses blanches lèvres écarlates sous ses baisers ! Et cependant c'était toujours Léa faible, malade, agonisante, à qui les lèvres redevenaient blanches quoiqu'elles brûlassent encore, dont le cœur soulevait la poitrine sous des bonds si terribles qu'il semblait battre dans sa gorge, mais qui disait : « Oh ! si c'est ton amour qui me tue, que je suis heureuse de mourir ! » Et puis il la pleurait comme morte, et non pas de la mort de tout à l'heure que, dans l'égoïsme féroce de son amour, il désirait parfois avec rage, mais de celle dont elle mourrait sans doute... un jour... bientôt... ignorant que l'on pût mourir autrement que d'un anévrisme, et que l'on pût souffrir davantage pour mourir, ne regrettant rien des biens inconnus de la terre, et n'envoyant pas la plus belle boucle de ses cheveux blonds à quelque amie d'enfance, mariée bien loin... car elle n'en avait pas.

Un jour Léa était assise dans l'embrase d'une des fenêtres du salon. La lumière bleue et sereine découlait sur son cou penché. Léa était occupée à broder un voile pour sa mère. Réginald, non loin d'elle, tenait un livre par contenance. Ils étaient seuls. – Pour la première fois depuis une heure, il ne la regardait pas ; il s'était perdu dans quelque ardente rêverie, et cette rêverie, c'était elle encore, c'était comme s'il l'eût regardée.

« Comme vous êtes pâle depuis quelques jours, – lui dit-elle en relevant la tête ; – vous l'êtes presque autant que moi. Réginald, est-ce que vous souffrez ?

– Oui, je souffre, – répondit-il. Car il ne pouvait supporter cette familiarité douce avec cette femme qu'il aimait à en perdre la raison et sous laquelle son amour se sentait à l'étroit.

– Oui, je souffre, et non pas depuis quelques jours, mais depuis plus longtemps, et des douleurs cruelles.

– Où donc ?

– Ici. – Et du doigt il indiqua son cœur.

– Comme moi, – reprit-elle, étonnée. – Mais pourtant ce n'est pas contagieux, – ajouta-t-elle en souriant d'un air triste.

– Non, pas comme vous, Léa, non, pas comme vous. Oh ! il y a une différence entre vos douleurs et les miennes. Par pitié pour vous, je me garderais d'échanger ».

Léa avait laissé tomber sur ses genoux les petites mains qui soutenaient sa broderie. Elle secoua la tête lentement, à en faire onduler les boucles transparentes, avec un air incrédule. La douleur a aussi sa vanité.

« Pourquoi donc ne vous étiez-vous pas plaint encore ?

– A quoi bon, Léa ? Se plaindre, est-ce guérir ? Et puis se plaindre pour ne pas même être compris ?

– Ah ! ce n'est pas moi toujours qui ne comprendrais pas quand vous diriez que vous souffrez ! »

Et la voix qui dit ceci était ébranlée. Il y avait presque du reproche, de l'âme dans son accent. On s'y serait volontiers mépris.

« Est-ce vrai, Léa ? – s'écria Réginald avec l'entraînement d'une joie folle. Oh ! alors je me plaindrai à vous !

– Oh ! oui, allez ! vous pouvez vous plaindre en toute confiance, car je sais ce que c'est que souffrir... – Et après une seconde de silence, le voyant tremblant et les traits altérés d'émotion : – Voulez-vous que je vous mette quelques gouttes de fleur d'oranger sur du sucre ? »

C'était plus déchirant qu'une ironie ; c'était sérieux et candide. Cette femme n'avait qu'un organisme.

Réginald se frappa le front de son poing fermé. Léa regardait cette face d'homme bouleversée par une passion furibonde... Elle la regardait comme les étoiles regardent... Il y avait entre ces deux êtres, placés à deux pieds l'un de l'autre dans l'espace et dans le temps, un abominable contraste, une incorrigible dissonance, qui séparait à toujours leurs destinées. Vous l'eussiez deviné rien qu'à les voir dans cette étroite embrasure, elle plus blanche que la moire blanche des rideaux qui tombait en plis derrière sa tête, calme comme un ciel qu'on maudit, et lui n'en pouvant plus de désespoir, reprenant, avec la rage d'un damné et l'orgueil humilié d'un homme qui a perdu la foi en sa puissance d'amour, le sentiment qu'il vient de trahir, puisque ce sentiment elle n'en veut pas, elle n'en saurait vouloir, que c'est le jeter au vent comme de la poussière que de le répandre aux pieds de cette femme, innocemment cruelle, qui ne sait pas ce qu'elle repousse et qui doit l'ignorer toujours !

Le mot d'amour n'avait pas été prononcé ; probablement, il allait l'être... Probablement Réginald n'aurait pas résisté à faire un aveu, à essayer, par un dernier effort, s'il ne découvrirait pas un sentiment qui retentît faiblement au sien, quand Mme de Saint-Séverin entra tout à coup dans le salon. – Sa figure prit l'expression du mécontentement en apercevant Réginald et Léa, tous deux seuls.

« Maman, Réginald est souffrant, – dit Léa ; – gronde-le donc un peu de ne pas s'être plaint ».

Mme de Saint-Séverin interrogea Réginald sur sa souffrance avec un regard si pénétrant qu'il balbutia quelques réponses assez incohérentes. Il lui sembla qu'il n'y avait plus rien de bienveillant dans l'accent inquiet de cette femme qu'il avait toujours connue affectueuse et bonne.

« J'ai besoin d'être seule avec Réginald, – dit-elle à sa fille. – Ma Léa, descends sur la terrasse ».

L'adolescente obéit, muette et non pas contrariée. La contrariété n'est que le premier degré de la douleur ; mais pour l'éprouver, encore faut-il avoir une ombre d'intérêt dans la vie.

« Oui, Réginald, j'ai à vous parler, – reprit Mme de Saint-Séverin quand Léa fut sortie. Et il y avait une espèce de solennité dans ces paroles. Elle se plaça devant l'artiste, et, lui attachant son regard au front : – Réginald, – continua-t-elle après une pause, et sa voix tremblait à en faire mal. – Réginald, vous aimez Léa. »

Pourquoi haïssons-nous de dévoiler le fond de nos cœurs ? Pourquoi dissimulons-nous une magnifique passion, un amour sublime, comme si c'était un forfait ? Une pensée, un instinct, rapide comme l'éclair, sillonna l'esprit de Réginald : ce fut de nier son malheureux et fol amour. Mais, il l'avait dit à Léa, il souffrait depuis si longtemps, et quand le cœur est gros de larmes, elles montent si promptement aux paupières qu'il est impossible à un pauvre être humain de les empêcher de couler. – Il se cacha la figure dans les deux mains.

Mais elle lui prit ces mains qu'il pressait avec force contre son visage en pleurs, et les écartant de ce front, que des sanglots dévorés avaient teint d'une rougeur subite :

« Oui, vous l'aimez, malheureux, – ajouta-t-elle ; – vous n'avez pas besoin de répondre, c'est écrit dans ces larmes que voilà ! Ah ! je ne vous ferai point de reproches ; vous n'êtes qu'à plaindre, mon ami. Mais vous qui avez vécu dans le monde, vous qui avez connu mille femmes plus séduisantes que Léa, qu'une pauvre fille qui se meurt, comment se peut-il que vous l'aimiez !

– Je ne sais pas, Madame, je ne sais, – répondit-il avec une voix entrecoupée ; – c'est un incompréhensible délire.

– Et qu'espérez-vous de cet amour ? Croyez-vous le lui faire partager ? Le lui faire partager, grand Dieu ! Vous voulez donc tuer ma fille ? Oh ! Réginald, cela ne sera pas, cela ne sera jamais ! Savez-vous qu'il ne faudrait qu'un mot, qu'une émotion, pour éveiller cette âme qui sommeille, et qu'à force de soins, et quels soins ! comme ils m'ont coûté ! j'ai tenue endormie afin qu'elle ne mît pas en pièces une vie si fragile ? Et vous voudriez le dire, ce mot cruel ? Vous voudriez la causer, cette émotion ? Vous voudriez être le bourreau ?... Je ne dis pas le mien ! Qu'est-ce que cela fait d'être le bourreau de sa mère de choix, d'une pauvre vieille femme comme moi, mais le sien, le bourreau de Léa ! vous ! vous ! qui l'aimez... ! O ma Léa, il te tuerait ! » – Et ses pleurs commencèrent à ruisseler aussi. Il y a dans l'amour une contagion si rapide. Et les yeux de Réginald éclatèrent de flammes rouges dans leurs prunelles noires en entendant que Léa pourrait l'aimer un jour. Mme de Saint-Séverin frissonna de cet épouvantable espoir.

« Grâce ! grâce ! Réginald, – cria-t-elle, – je vous ai aimé comme un fils, oh ! promettez-moi que jamais vous ne parlerez à Léa de votre amour. C'est la destinée qui a fait tout le mal, avec quelle joie je vous eusse donné ma fille ! Comme j'eusse été heureuse de vous voir devenir une seconde fois le frère d'Amédée ! Mais lui faire partager votre amour, c'est la tuer ! Elle ne résisterait pas à ces mouvements intérieurs qui épuisent les plus forts. Comment voulez-vous qu'elle y résiste ? Vous, jeune homme, vous, en pleine possession de l'existence, ne sentez-vous pas qu'une passion, un amour, attaque la vie jusque dans ses sources ? Et c'est dans un corps presque détruit que vous voudriez l'allumer ! Et moi, je me serais mise au supplice, j'aurais tremblé de voir Léa me donner une de ces affections dont le cœur maternel a tant soif, pour la conserver plus longtemps près de moi qui l'aime en silence, et ces efforts affreux seraient perdus ! et j'aurais des remords de mon passé et pas d'avenir ?... Ah ! mon ami, promettez-moi... Tiens, va-t-en plutôt, Réginald, va-t-en à Paris, dans ton Italie, où tu voudras. Je te chasse de ma maison ; laisse-moi Léa, ne me prends pas ma fille ! Oh ! ne pleure pas : tu me désoles ; ne t'en va pas. Non ! reste.... Reste près de moi : ne suis-je pas ta mère ? Ta mère aussi, qui t'aime cent fois plus depuis que tu aimes sa fille, mais qui craint cet amour funeste et qui te demande à genoux d'avoir pitié de toutes deux ! »

Et c'était faux ! Elle n'était pas à genoux ; elle s'était jetée à Réginald tout entière, et de ses deux bras elle lui serrait la tête contre son sein avec une ineffable ardeur de prière. Rien n'était plus beau comme cette femme en transes et en accès de pleurs, demandant la vie de sa fille à un homme qui l'aimait plus qu'elle, et le suppliant comme s'il avait été un Dieu, – que dis-je ! comme s'il avait été un pervers. Réginald fut subjugué par toute cette tendresse qui l'enveloppait, qui criait après lui aux abois. Il promit de tout taire à Léa. Il voulut, enthousiaste comme on est quand on aime, dresser un sacrifice à côté de ceux qu'avait faits cette femme à l'existence de sa fille ; comparer de ces deux cœurs, du sien ou de celui d'une mère, lequel serait le plus saignant, le plus brisé, lequel l'emporterait des deux martyrs. Hélas ! s'il ne devenait pas un parjure, à coup sûr, ce devait être le sien !

Non, rien n'est comparable à cette angoisse ! Être près de la femme qu'on aime, la voir, l'entendre, se mêler à tous les détails de ses journées, se promener avec elle, le matin, quand, à travers ses vêtements légers on est enivré de je ne sais quel parfum d'une nuit passée ; le soir, quand l'air est plein de tiédeurs alanguissantes, et qu'elle vous dit : « Oh ! n'est-ce pas qu'il fait bien chaud ce soir ! » en étendant les bras et en se balançant sur sa taille cambrée et sur la pointe des pieds comme si elle allait tomber en arrière sur un canapé ou sur vos genoux ; s'asseoir près d'elle, à la même place qu'elle, où elle laissa l'impression de son corps divin qui brûle ; et être là, à ses côtés, à toute heure, toujours, et dévorer ces *je t'aime !* furibonds qui viennent à la bouche, et se taire, et paraître froid, et répondre, quand elle vous interroge, *oui* et *non*, comme répondent les autres, et rire avec elle d'une plaisanterie quand le cœur bout des larmes qu'on le force à contenir ; et puis, si elle se penche vers vous, si elle vous frôle le visage avec son haleine, ne pouvoir l'attirer, ainsi penchée, l'absorber, ce souffle, comme une flamme et comme une rosée, jusqu'au fond de la poitrine, dans un de ces baisers affolants, ardents et humides, qui se donnent bouches entr'ouvertes, et qui dureraient des heures s'il était permis de les donner ! Et quand elle s'éloigne, quand elle tourne la tête, retenir cette prière de condamné qui demande la vie : « Oh ! reste encore comme tu étais ! » Dites, n'est-ce pas là de la douleur, inscrutable tant elle est profonde, à qui ne l'a pas éprouvée ! une douleur à faire honte à celles de l'enfer, car en enfer on ne trahit plus, et ici c'est du bonheur, le bonheur de voir celle qu'on aime, qui se retourne contre vous !

Voilà ce que souffrit Réginald. D'abord il domina sa douleur. La volonté a beau jeu dans les premiers moments qu'elle s'exerce. Mais la douleur ressemble à ces joueurs habiles qui laissent gagner la première partie pour mieux triompher ensuite d'un adversaire rendu plus confiant. Les jours, les mois se passèrent. D'abord l'exaltation d'une résolution généreuse s'éteignit dans Réginald. Il n'était plus soutenu que par la reconnaissance qu'il devait à Mme de Saint-Séverin. – Bientôt il eut besoin de se dire qu'elle avait le droit de le chasser de chez elle s'il ne tenait pas les serments qu'il lui avait faits. Ainsi les retranchements allaient bientôt lui manquer contre la douleur. De plus, en contenant sa passion, il l'avait irritée davantage : « Je suis malade », répondait-il souvent à Amédée, qui l'interrogeait avec une tendre anxiété, et qui croyait que l'éloignement de l'Italie et l'ennui d'un genre de vie si opposé à toutes ses habitudes d'une date moins récente étaient la cause de sa tristesse. « Si je lui disais ce que j'ai, – pensait-il, – soit pour sa sœur, soit pour moi, il me tourmenterait de partir ». Ainsi la confiance de l'amitié ne lui était plus bonne à rien, c'est-à-dire l'amitié elle-même. Ce n'est pas un des moindres sacrilèges d'un amour de femme que de nous flétrir nos plus fraîches amitiés sans miséricorde, et de nous faire rire de mépris sur nous-mêmes quand nous songeons que si peu nous avait suffi pour être heureux.

Depuis le jour où Léa avait été témoin du désespoir de Réginald, que s'était-il passé en elle ? Son air était moins vague qu'à l'ordinaire, et dans ses paupières, plus souvent abaissées, on aurait cru du recueillement ; car on baisse les yeux quand on regarde en soi : est-ce pour mieux voir ou bien parce que l'on a vu ? Une intuition de femme lui aurait-elle révélé ce que Réginald n'avait trahi qu'à moitié ? Dans l'obscurité de son âme, aurait-elle trouvé une seule de ses impressions ignées qui s'étendent d'abord d'un point imperceptible à l'être humain tout entier ? Elle n'avait plus ces yeux singuliers dont il n'y avait de doux que la teinte et qui semblaient manquer d'un point visuel, tant, hélas ! l'expression en était absente. Maintenant ils étaient plus pensifs, quoique bien faiblement encore, d'une pensée molle et indécise qui rasait le bleu sans rayons des prunelles pour s'évanouir après. – O vous, femme qui lirez ceci, vous dont le cœur diffère tellement du nôtre que nous ne savons pas avec quoi ce cœur a été fait, dites, croyez-vous qu'alors Léa eût soupçonné l'amour ?

Cependant l'état de cette enfant empirait ; le mal faisait des progrès rapides. Elle se sentait tous les jours plus faible que la veille, et ne quittait presque plus sa chaise longue, si ce n'est le soir, lorsqu'elle se traînait jusque sur un des bancs de la terrasse pour voir se coucher le soleil. Était-ce un instinct de mourant ou une admiration secrète qui lui faisait demander à sa mère de venir là chaque soir ? On l'ignore. Jamais elle ne dit à Réginald, en face de ce coucher de soleil qui a l'air d'un mort : « Que cela est triste ! » car elle savait plus triste : c'était elle mourant aussi, mais sans avoir eu de rayons autour de la tête, astre charmant éteint bien des heures avant l'heure du soir ! Et lui, l'artiste, le contemplateur idolâtre de la nature, ne lui dit pas plus : « Que cela est beau ! » car il savait plus beau, comme elle savait plus triste, et c'était elle encore ! Elle, millier de perceptions mystérieuses pour les autres, et lumineuses pour lui, que l'amour versait à plein dans son intelligence, comme les molécules transparentes d'un jour d'Italie dans un regard ; elle enfin, que les autres, qui ne l'aimaient pas, auraient pensé peut-être à plaindre, mais jamais à admirer !

La belle saison était avancée, et Mme de Saint-Séverin, désolée, demandait à Dieu dans ses prières que sa fille ne finît pas plus vite que l'été. Qu'il faut de désespoir pour qu'une mère ne demande plus davantage ! Oh ! qu'il faut de désespoir pour qu'une femme ne croie plus à la possibilité d'un miracle en faveur de l'être qu'elle chérit. Le dernier soir que Léa vint à la terrasse, Mme de Saint-Séverin aurait bien dit : « Elle ne reviendra pas s'asseoir ici », tant elle voyait clair dans l'état de sa fille. Des pressentiments ne trompent pas quand on aime ; mais ce n'étaient plus des pressentiments qu'avait Mme de Saint-Séverin, c'était la science du médecin habile qui verrait à travers le corps la maladie, et qui assignerait à heure fixe le moment où il entrerait en dissolution. Une connaissance, une infaillibilité que le savoir humain ne donne pas, le sentiment la lui avait acquise. Ah ! ne dites point que la nature n'est pas cruelle, qu'elle a couvert l'instant de la mort d'une incertitude compatissante : cela n'est pas vrai toujours pour celui qui meurt, et cela ne l'est jamais pour celui qui regarde mourir !

Réginald aussi ne s'illusionnait pas. Il se disait que la vierge de son amour rendrait bientôt son corps à la terre et son âme aux éléments : bouton de rose indéplié et flétri sous l'épais tissu de feuilles séchées sans un ouragan que l'on pût accuser ; fleur inutile que personne n'avait respirée ; avorton de fleur sous l'enveloppe fanée de laquelle l'haleine la plus avide, le souffle le plus brûlant, n'eût rien trouvé peut-être à aspirer. Et son amour se renforçait de cette accablante certitude et d'un doute aussi amèrement décevant. Il semblait que toute cette vie qui abandonnait Léa se coulât dans son sein par vagues débordantes et multipliât la sienne. Moquerie diabolique de la destinée ! On se sent du souffle pour deux, on sent, en mettant la main sur sa poitrine, que si cette maudite poitrine pouvait s'ouvrir on aurait du souffle à donner à des millions de créatures, et il faut tout garder pour soi !

Un jour que Léa était couchée sur le banc de la terrasse, Réginald se trouva placé à côté d'elle ; il y restait silencieux sous le poids écrasant de ses pensées, écoutant dans son cœur cette vie intérieure qui ne fait pas de bruit tant elle est profonde, ces tempêtes sourdes qui bouleversent et qui n'ont pas même un murmure. Il n'entendait point les paroles qu'échangeaient Mme de Saint-Séverin et Amédée, assis plus loin, et dont les doigts crispés arrachaient alors les feuilles d'un oranger avec le mouvement âpre d'un homme qui dissimule sa souffrance. Leur conversation était insignifiante ; entrecoupée de silences fréquents et longs, elle roulait sur quelques chétifs accidents de la soirée comme la douceur du temps ou le tintement d'une cloche au fond du paysage. Nous tous qui avons vécu, nous les avons prononcées, ces paroles qui n'expriment rien, avec des voix altérées, pour voiler nos inquiétudes et nos peines à qui les causait. La soirée s'avançait ainsi. Déjà la frange cramoisie qui bordait le ciel à l'horizon était toute rongée, et le vent apportait, par bouffées, ces trésors de parfums cachés dans le sein des fleurs et qui y ont été déposés pour faire oublier, pendant la nuit, aux hommes, la perte du jour. Le banc occupé par Léa, Réginald et Mme de Saint-Séverin, était entouré et surmonté de beaux jasmins. Léa aimait à plonger sa tête dans l'épaisseur de leurs branches souples et verdoyantes ; c'était comme un moelleux oreiller de couleur foncée sur lequel tranchait cette tête si pâle et si blonde. Les boucles du devant de la coiffure de Léa lui tombaient toutes défrisées le long des joues ; elle avait détaché son peigne et jeté sur les nattes de ses cheveux son mouchoir de mousseline brodée qu'elle avait noué sous son menton. Ainsi faite de défrisure, de pâleur, d'agonie, qu'elle était touchante ! Sa pose, quoique un peu affaissée, était des plus gracieuses. Un grand châle de couleur cerise enveloppait sa taille, qui n'était plus même svelte et qu'on eût craint de rompre à la serrer. On eût dit une blanche morte dans un suaire de pourpre. Réginald la couvait de son regard ; c'était presque posséder une femme que de la regarder ainsi. Le malheureux ! Il souffrait autant qu'Amédée et Mme de Saint-Séverin, mais ce n'était pas de la même douleur. Du moins on aurait pu croire que cette douleur eût été pure, qu'en face de ce corps presque fondu comme de la cire aux rayons du soleil, les désirs de chair et de sang ne subsistaient plus, et que la pensée seule dans laquelle s'était réfugié et ennobli l'amour se prenait à cette autre pensée, tout le moi dans la créature et qui allait s'éteignant, s'évaporant pour toujours. Est-ce la force ou la faiblesse humaine, une gloire ou une honte ? Mais il n'en était point ainsi pour Réginald : cette mourante, dont il touchait le vêtement, le brûlait comme la plus ardente des femmes. Il n'y avait pas de bayadère aux bords du Gange, pas d'odalisque dans les baignoires de Stamboul, il n'y aurait point eu de bacchante nue dont l'étreinte eût fait plus bouillonner la moelle de ses os que le contact, le simple contact de cette main frêle et fiévreuse dont on sentait la moiteur à travers le gant qui la couvrait. C'étaient en lui des ardeurs inconnues, des pâmoisons de cœur à défaillir. Tous les rêves que son imagination avait caressés depuis qu'il était revenu d'Italie et qu'il s'était énamouré de Léa, lui revenaient plus poignants encore de l'impossibilité de les voir se réaliser. La nuit qui venait jetait dans son ombre la tête de Léa posée sur l'épaule de sa mère, qui bénissait cette nuit d'être bien obscure, parce qu'elle pouvait pleurer sans craindre que Léa n'interrogeât ses pleurs. Je ne sais... mais cette nuit d'août qui pressait Réginald si près de Léa qu'il sentait le corps de la malade se gonfler contre le sien à chaque respiration longue, pénible, saccadée, comme si elle avait été oppressée d'amour, cette nuit où il y avait du crime et des plaisirs par toute la terre, lui fit boire des pensées coupables dans son air tiède et dans sa rosée. Toute cette nature étalée là aussi semblait amoureuse ! Elle lui servait une ivresse mortelle dans chaque corolle des fleurs, dans ses mille coupes de parfums. Pleuvaient de sa tête et de son cœur dans ses veines, et y roulaient comme des serpents, des sensations délicieuses, altérant avant-goût de jouissances imaginées plus délicieuses encore. Ses mains s'égarèrent comme sa raison. L'une d'elles se glissa autour de la taille abandonnée de la jeune fille, l'autre passa sur ses formes évanouies une pression timidement palpitante.

A force d'émotion, il craignait que l'air ne manquât à ses poumons. Tout plein de passion frissonnante, il avait peur de se hâter dans son audace, – un cri, un geste, un soupir de cette enfant accablé pouvait le trahir.

Le trahir ! car il savait bien qu'il faisait mal, mais la nature humaine est si perverse, elle est si lâche, cette nature humaine, que son bonheur furtif devenait plus ébranlant encore du double enivrement du crime et du mystère. Scène odieuse que cette profanation d'une jeune fille dans la nuit noire, sous ce ciel étoilé qui parle d'un monde à venir et qui ment peut-être, tout près d'une mère qui la pleure et d'un frère qui ne la vengera pas, parce qu'une seule de ces stupides étoiles n'envoie pas un dard de lumière sur le fond pâlissant du coupable et n'illumine pas son infamie. !

Soit prostration entière de forces vitales, soit confusion et défaillance sous le poids de sensations inconnues, soit ignorance complète, Léa resta dans le silence et immobile jusqu'à ce qu'un mouvement effrayant fit pousser un cri à sa mère et relever la tête de Réginald dont la bouche s'était collée à celle de l'adolescente, qui ne l'avait pas retirée.

Amédée s'élança pour appeler du secours.

Quand il revint, il n'était plus temps : les flambeaux que l'on apporta n'éclairèrent pas même une agonie. Le sang du cœur avait inondé les poumons et monté dans la bouche de Léa, qui, yeux clos et tête pendante, le vomissait encore, quoiqu'elle ne fût plus qu'un cadavre. Mme de Saint-Séverin, à genoux devant, était tellement anéantie qu'elle ne songeait pas à mettre la main sur le cœur pour épier si la vie ne le réchauffait plus. Elle considérait, les dents serrées et les yeux fixes, sa Léa ainsi trépassée, et sa douleur était si horrible qu'Amédée oublia sa sœur pour elle, et lui dit avec l'expression d'une tendresse pieuse : « Oh ! ma mère, il vous reste encore deux enfants ». Elle regarda alors ce qui lui restait, la pauvre mère, mais quand elle fixa sur Réginald ses yeux qui s'étaient remplis de larmes au mot consolant de son fils, ils s'affilèrent comme deux pointes de poignard. Elle se dressa de toute sa hauteur, et, d'une voix qu'il ne dut pas oublier quand il l'eut entendue, elle lui cria aux oreilles « Réginald, tu es un parjure ! »

Elle s'était aperçue qu'il avait les lèvres sanglantes.